AF363841

11 Juin 91. V

VENTE DU JEUDI 11 JUIN 1891

HOTEL DROUOT, SALLE N° 9

OBJETS DE LA CHINE & DU JAPON

MATIÈRES DURES — BRONZES

Céramique

ÉMAUX CLOISONNÉS ET PEINTS

Objets variés — Étoffes et Kakémonos

OBJETS VARIÉS EUROPÉENS

TÊTE-A-TÊTE EN VIEUX SÈVRES, PATE TENDRE

PORTE-HUILIER EN ARGENT DU TEMPS DE LA RÉGENCE

PETIT CABINET EN ANCIEN ÉMAIL DE BATTERSEA

MINIATURE PAR VAN BLARENBERGHE

Appartenant pour la majeure partie à M. le Comte de M.

EXPOSITION PUBLIQUE

LE MERCREDI 10 JUIN 1891

DE 1 HEURE 1/2 A 5 HEURES 1/2

Mᵉ PAUL CHEVALLIER	M. CH. MANNHEIM
COMMISSAIRE-PRISEUR	EXPERT
10, rue Grange-Batelière, 10	7, rue Saint-Georges, 7

DEPREMERIE DEL'ART

CATALOGUE

DES

OBJETS DE LA CHINE & DU JAPON

Jades — Agates — Bronzes

CÉRAMIQUE

Émaux cloisonnés de la Chine

Émaux de Canton

Ivoires — Bois — Coupes libatoires en corne — Objets variés
Étoffes — Albums — Kakémonos

OBJETS VARIÉS EUROPÉENS

Tête-à-tête en vieux Sèvres, pâte tendre
Porte-huilier en argent du temps de la Régence
Petit Cabinet en ancien émail de Battersea
Miniature par Van Blarenberghe

Appartenant pour la majeure partie à M. le Comte de M.

ET DONT LA VENTE AURA LIEU

HOTEL DROUOT, SALLE Nº 9

Le Jeudi 11 Juin 1891

à deux heures

Mᵉ PAUL CHEVALLIER	**M. CH. MANNHEIM**
COMMISSAIRE-PRISEUR	EXPERT
10, rue de la Grange-Batelière, 10	7, rue Saint-Georges, 7

EXPOSITION PUBLIQUE

Le Mercredi 10 Juin 1891, de 1 heure 1/2 à 5 heures 1/2

Jan S. de Ricci

D 5417

CONDITIONS DE LA VENTE

Elle sera faite *expressément* au comptant.

Les Acquéreurs payeront CINQ POUR CENT en sus des adjudications, applicables aux frais de la vente.

L'Exposition mettant les acquéreurs à même de se rendre compte de l'état et de la nature des objets, il ne sera admis aucune réclamation une fois l'adjudication prononcée.

Paris. — Imp. de l'Art. E. MÉNARD et Cie, 41, rue de la Victoire.

DÉSIGNATION DES OBJETS

OBJETS DE LA CHINE ET DU JAPON

MATIÈRES DURES

1 — JADE GRIS VERDATRE. Plaque de forme contournée, ajourée et gravée sur les deux faces, composée de chauves-souris, feuillages et caractères d'écriture. Travail chinois.

2 — JADE VERT. Petit vase balustre gravé avec anses formées d'anneaux mouvants pris dans la masse; décor de chauve-souris et de caractères d'écriture. Travail chinois.

3 — JADE VERT. Petit vase balustre gravé à motifs irréguliers. Travail chinois.

4 — JADE BLANC. Coupe à surface unie avec anses : dragons tenant un anneau mouvant pris dans la masse. Socle en bois. Travail chinois.

5 — JADE BLANC. Peigne orné d'un dragon pris dans la masse et gravé. Travail chinois. Boîte en bois.

6 — JADE BLANC. Petite coupe libatoire munie d'une anse ajourée et prise dans la masse simulant des plantes grimpantes. Travail chinois.

7 — Jade gris. Petite coupe ovale ornée de feuillages en léger relief et munie d'anses ajourées avec anneaux mouvants pris dans la masse. Travail chinois. Socle en ivoire teint vert.

8 — Jade gris. Disque semé de pois en léger relief et compris dans un petit écran de table en bois gravé et rehaussé de dorure sur les deux faces. Travail chinois.

9 — Jade vert veiné de gris. Coupe circulaire à surface unie. Travail chinois.

10 — Jade blanc. Boîte lenticulaire couverte; sur le couvercle : motifs réguliers gravés. Socle en bois. Travail chinois.

11 — Jade blanc taché de rouille. Fruit dont la partie supérieure est de jade vert gravé au naturel.

12 — Jade gris. Deux plaques ajourées à décor de fruits, fixées sur deux boîtes lobées en bois. Travail chinois.

13 — Cristal de roche. Deux pièces : cachet à poignée en forme de chien de Fô, et petit vase entouré de plantes grimpantes.

14 — Pierre de lard. Trois pièces : trois personnages debout sur un seul socle de même matière, et deux bas-reliefs : personnages et feuillages sur un fond de pierre schisteuse lie de vin. Travail chinois.

15 — Bois pétrifié. Statuette de personnage chinois debout.

16 — Agate grise. Coupe libatoire en forme de calice de fleurs avec branchages et poissons gravés et ajourés. Travail chinois.

17 — AGATE GRISE. Trois pièces : flacon, coupe et fragment ajouré en forme de feuilles et d'animaux.

BRONZES DE LA CHINE ET DU JAPON

18 — Vase à corps ovoïde en ancien bronze vert de la Chine, présentant des zones de rinceaux dorés sur un fond simulant des nuages ; il est muni d'anses avec anneaux mouvants. Socle en bois.

19 — Coupe circulaire en ancien bronze doré de la Chine présentant des dragons en haut-relief ; les anses sont également formées de dragons ; couvercle en bois avec bouton en jade gris. Nien-hao à six caractères de Siouen-te (1426-1436).

20 — Petite jardinière cylindrique en ancien bronze brun de la Chine, présentant en bas-relief quatre personnages séparés par des feuillages. Socle en bois.

21-22 — Deux petits brûle-parfums en ancien bronze brun de la Chine, en forme d'animaux chimériques ayant une tête de chien de Fô. Socles en bois. Ils sont différents de décor.

23-24 — Quatre petites coupes circulaires de dimensions et formes différentes, en ancien bronze de la Chine, à patine rougeâtre, dont deux frottées d'or. La surface est unie. Nien-hao à six caractères de Siouen-te (1426-1436). Trois d'entre elles avec socles en bois.

25 — Coupe circulaire sur trois pieds bas, en bronze à patine

brune de la Chine, présentant des branches fleuries en léger relief. Nien-hao à six caractères de Siouen-te (1426-1436).

26 — Coupe circulaire sur trois pieds en forme de singes, en ancien bronze de la Chine, à patine brune avec anses dragons. Nien-hao à six caractères de Siouen-te (1426-1436).

27 — Petite coupe circulaire à deux anses, en ancien bronze vert de la Chine, à décor en léger relief. Socle en bois.

28 — Petite coupe ovale à anses têtes de dragons, en ancien bronze brun de la Chine, ornée en léger relief d'animaux chimériques dans les flots de la mer. Nien-hao à six caractères de Siouen-te (1426-1436). Socle en bois.

29 — Petite coupe couverte en forme d'œuf, en bronze vert de la Chine incrusté d'argent et de malachite : décor de grecques; motifs saillants sur la coupe et le couvercle et servant de pieds. Socle en bois.

30 — Deux plateaux en bronze de la Chine, ornés de rinceaux et dragons argentés.

31 — Coupe circulaire sur trois pieds cylindriques, en bronze de la Chine, ornée de feuillages, grecques et rinceaux damasquinés.

32 — Coupe circulaire sur trois pieds, en bronze de la Chine, décorée de feuillages damasquinés. Socle en bois.

33 — Trois pièces en bronze de la Chine, à décor damasquiné et argenté : petit vase à anses et deux petites jardinières cylindriques basses. Socles en bois.

34 — Petit brûle-parfums oblong en bronze gravé de la Chine avec traces de dorure ; couvercle ajouré.

35 — Statuette, en bronze du Japon, de personnage grotesque assis. Socle recouvert d'étoffe.

36 — Brûle-parfums oblong en bronze brun du Japon : couvercle ajouré, orné d'habitations et de personnages.

37 — Brûle-parfums en bronze brun du Japon, en forme de fruit.

38 — Oiseau perché sur une branche en bronze du Japon.

39 — Miroir circulaire japonais à bords festonnés, en métal ; au revers, il est orné d'animaux en bas-relief.

40 — Petit brûle-parfums circulaire en bronze doré et bronze noir du Tonkin, à décor de réserves de branches fleuries en relief ; couvercle ajouré en cuivre. Socle en bois.

CÉRAMIQUE DE LA CHINE ET DU JAPON

41 — Deux petites potiches ovoïdes couvertes, en ancienne porcelaine de Chine, famille verte, à décor de fong-hoangs. Nien-hao au nom de Tching-hoa (1465-1488).

42 — Petit plat creux en ancienne porcelaine de Chine, présentant des jeux d'enfants et une longue inscription.

43 — Petit plat creux à bords obliques, en ancienne porcelaine de Chine, famille verte, décoré à l'intérieur et à l'extérieur de rinceaux fleuris et attributs. Nien-hao à quatre caractères. Socle en bois.

44 — Vase carré en ancienne porcelaine de Chine, à décor
de branches fleuries en camaïeu bleu, avec bandes en
relief réservées en blanc, imitant des écoinçons et des
pentures. Socle en bois.

45 — Vase ovoïde avec bouchon capsule en ancienne porcelaine de Chine, famille rose ; réserves de fleurs sur fond
capucin.

46 — Petite bouteille en céladon turquoise truité de la Chine,
à décor de fleurs gravé sous couverte. Socle en bois.

47 — Vase à corps ovoïde et col évasé, en céladon turquoise
truité de la Chine.

48 — Bol à bords obliques, en ancienne porcelaine de Chine
à décor bleu : nombreux personnages au pourtour. Nien-
hao à six caractères de la dynastie des Ming. Socle en
bois.

49 — Bouteille en ancienne porcelaine de Chine, à décor
bleu rehaussé de rouge de fer : personnages et arbustes.

50 — Petite coupe libatoire de forme contournée, en ancien
blanc de Chine, présentant en haut-relief des plantes
grimpantes.

51 — Petit vase-rouleau en ancienne porcelaine de Chine, à
décor de fleurs en dorure sur fond bleu soufflé. Socle
en bois.

52 — Deux pièces en ancienne porcelaine de Chine, famille
rose : petite potiche ovoïde, oiseau et branches fleuries,
et gobelet à décor de personnages.

53 — Six petits plats ronds, en ancienne porcelaine de Chine,

présentant chacun, en émaux de la famille verte, une femme occupée à des travaux domestiques.

54 — Trois tasses sans anses, en ancienne porcelaine de Chine, l'une à décor de personnages, l'autre d'arbustes, la troisième de dragons en dorure sur fond gros bleu.

55 — Pitong hexagonal en porcelaine de Chine, à parois ajourées avec rehauts de motifs en bleu.

56 — Petite bouteille en porcelaine de Chine, émaillée gros bleu. Socle en bois.

57 — Bol avec soucoupe en porcelaine de Chine, à décor bleu : personnages.

58 — Petit vase-balustre lobé, en porcelaine de Chine émaillée à l'imitation du bronze.

59 — Deux pots ovoïdes, dont l'un couvert, en porcelaine de Chine émaillée bleu empois.

60 — Quatre pièces en porcelaine de Chine : petite tasse à deux anses, à décor de fong-hoangs ; soucoupe émaillée vert d'eau ; gobelet avec socle, et petit vase à pans, à couverte gris craquelé.

61 — Service en porcelaine de Chine décorée, en émaux de la famille rose, de personnages et paysages ; il comprend : une théière couverte, un pot à lait couvert, trois tasses sans anses et leurs soucoupes.

62 — Six pièces en porcelaine de Chine : quatre bols à bords festonnés et deux soucoupes rondes à décor bleu : personnages, attributs, animaux et fleurs.

63 — Trois salières en porcelaine dite de l'Inde, à décor

bleu : la cavité de l'une d'elles présente un paysage poly-
chrome.

64 — Quatre pièces en porcelaine dite de l'Inde, à décor
bleu rehaussé de dorure : sucrier, pot à eau, théière,
flacon à thé avec leurs couvercles, à décor de paysages.

65 — Petite potiche ovoïde, à pans, en porcelaine du Japon,
à décor bleu, rouge et or : fleurs et lambrequins.

66 — Petite théière ovoïde couverte en porcelaine du Japon,
à décor bleu, rouge et or : fleurs.

67 — Pot à lait couvert en porcelaine du Japon, à décor bleu,
rouge, vert et or : lambrequins fleuris avec feuillages
gravés sous couverte.

68 — Saucière en porcelaine du Japon, à décor bleu, rouge
et or : arbres et habitations.

69 — Deux pièces : bol accompagné d'une soucoupe en porcelaine du Japon, à décor bleu, rouge, vert et or : fleurs,
oiseaux, paysages et quadrillés.

70 — Quatre tasses et leurs soucoupes en porcelaine du
Japon, à décor bleu, rouge et or : personnages debout
dans des compartiments rayonnants.

71 — Quatre tasses et leurs soucoupes en porcelaine de
Chine, à décor de fleurs en bleu à l'intérieur ; pourtour
émaillé capucin.

72 — Globe en porcelaine gros bleu.

73 — Statuette de Pou-taï assis sur le dragon, en poterie de
la Chine décorée au naturel.

74 — Théière cylindrique basse, couverte en boccaro brun
de la Chine : inscriptions gravées.

ÉMAUX CLOISONNÉS

75 — EMAIL CLOISONNÉ DE LA CHINE. Vase à panse sphérique surbaissée, col légèrement évasé et piédouche bas ; décor de palmettes et rinceaux sur fond bleu.

76 — ÉMAIL CLOISONNÉ DE LA CHINE. Brûle-parfums cylindrique bas à double fond ; palmettes sur fond bleu ; couvercle en cuivre ajouré ; animaux chimériques en bronze courant sur le pourtour.

77 — ÉMAIL CLOISONNÉ DE LA CHINE. Boîte lenticulaire : oiseaux et branches fleuries sur fond bleu. Socle en bois.

78 — ÉMAIL CLOISONNÉ DE LA CHINE. Bol campanulé : rinceaux et palmettes sur fond bleu.

79 — ÉMAIL CLOISONNÉ DE LA CHINE. Petit plateau rond sur piédouche : palmettes sur fond bleu. Socle en bois.

80 — ÉMAIL CLOISONNÉ DE LA CHINE. Support orné sur fond carrelé d'un dragon dans une réserve lobée.

81 — ÉMAIL CLOISONNÉ DE LA CHINE. Théière circulaire à décor de rinceaux sur fond bleu. Anse, couvercle et goulot en cuivre.

82 — ÉMAIL CLOISONNÉ DE LA CHINE. Chandelier-balustre à décor de fleurs et rinceaux sur fond bleu.

83 — ÉMAIL CLOISONNÉ DE LA CHINE. Deux pièces à décor de rinceaux fleuris sur fond bleu : pitong cylindrique et plateau circulaire avec animal chimérique réservé en bronze au centre.

84 — ÉMAIL CLOISONNÉ DE LA CHINE. Trois coupes campa-
nulées, dont une sur piédouche : rinceaux et fleurs sur
fonds bleu et blanc.

85 — ÉMAIL CLOISONNÉ DE LA CHINE. Quatre petits plateaux
circulaires à fleurs sur fond bleu.

86 — ÉMAIL CLOISONNÉ DE LA CHINE. Deux pièces à décor
de fleurs et rinceaux : petit vase quadrilatéral avec socle
et petite soucoupe.

87 — Coupe circulaire en cuivre présentant sur fond émaillé
bleu des inscriptions réservées en cuivre. Nien-hao de
Kia-king, 1796-1821. Socle en bois.

88 — Petit socle en bronze orné de rinceaux en léger relief
sur fond émaillé bleu turquoise.

ÉMAUX DE CANTON

89 — ÉMAIL DE CANTON. Lanterne en forme d'édicule chinois
à quatre faces, orné de clochettes et décoré de rinceaux
polychromes sur fond jaune.

90 — ÉMAIL DE CANTON. Trois pièces : brûle-parfums couvert et deux tasses à décor de paysages animés sur fond
blanc.

91 — ÉMAIL DE CANTON. Deux pièces : bol couvert à fleurs
sur fond bleu avec socle en bois et petit plateau lobé à
fleurs sur fonds bleu et vert.

92 — ÉMAIL DE CANTON. Seize petites soucoupes lobées ou

carrées de différents modèles : paysages animés, personnages ou attributs.

93 — ÉMAIL DE CANTON. Quinze petits gobelets carrés à fleurs, caractères d'écriture, animaux, personnages sur fond blanc.

94 — ÉMAIL DE CANTON. Deux pièces : petite bouteille et plateau lobé à fleurs sur fond bleu.

95 — ÉMAIL DE CANTON. Miroir à main ; monture à fleurs dorées sur fond bleu ; au revers, attributs chinois.

96 — ÉMAIL DE CANTON. Douze pièces : six cuillères à décor de rinceaux et huit soucoupes rondes à fleurs, ou chauves-souris.

97 — ÉMAIL DE CANTON. Compotier circulaire : Groupe de personnages au bord de l'eau.

98 — ÉMAIL DE CANTON. Plateau circulaire : jeux d'enfants.

99 — ÉMAIL DE LA CHINE. Théière lobée à anse surélevée : rinceaux sur fond bleu.

OBJETS VARIÉS DE LA CHINE ET DU JAPON

100 — LAQUE ROUGE DE PÉKING. Deux petits brûle-parfums quadrangulaires couverts sur pieds cambrés, à décor de motifs irréguliers en relief ; bouton de couvercle en jade gris. Socle en bois laqué noir.

101 — LAQUE ROUGE DE PÉKING. Deux boîtes, l'une lenticu-

laire à décor de palmettes, l'autre quadrilobée à feuillages.

102 — Laque rouge de Péking. Deux pièces : petit vase quadrilatéral à décor de feuillages, et petit bol à décor d'attributs chinois.

103 — Statuette en ivoire sculpté de Cheou-lao. Travail chinois.

104 — Autre statuette de Cheou-lao, en ivoire sculpté, plus petite que la précédente.

105 — Tube cylindrique en ivoire sculpté et ajouré : personnages et feuillages. Travail chinois.

106 — Petit flacon en ivoire sculpté et ajouré, à décor de feuillages et oiseaux. Travail chinois.

107 — Petite boîte cylindrique couverte en ivoire gravé, contenant quatorze fiches en ivoire. Jeu chinois.

108 — Statuette en bois sculpté, peint et doré : divinité assise. Travail chinois.

109 — Petit groupe en bois sculpté : deux enfants jouant. Travail japonais.

110 — Statuette de divinité assise, en bois sculpté. Travail japonais.

111 — Statuette en bois sculpté : personnage debout, un pied posé sur la tête d'un poisson chimérique. Travail japonais.

112 — Petit pitong cylindrique en bois sculpté et gravé : scène familière.

113 — Tube cylindrique en bois sculpté et ajouré, à nombreux personnages. Travail chinois.

114 — Petite coupe en bois sculpté, en forme de feuille.

115 — Deux supports d'écrans japonais, eu bois sculpté, avec personnages incrustés.

116 — Coupe libatoire en corne sculptée, à motifs irréguliers, avec anse ajourée formée de dragons. Travail chinois.

117 — Autre coupe libatoire en corne, à motifs irréguliers sur fond formé de grecques.

118 — Autre coupe libatoire en corne, ornée d'animaux chimériques, et reposant sur trois pieds.

119 — Autre coupe libatoire en corne, affectant la forme d'une feuille d'eau, avec gerbes de plantes grimpantes en guise de tige.

120 — Deux panneaux rectangulaires en bois noir, décorés de vases de fleurs et d'attributs chinois appliqués en bronze, bois, ivoire, pierre de lard, etc., et séparés par des cloisons en forme de grecques. Travail chinois.

121 — Petite boîte ronde en bois laqué brun : décor de dragon et fleurs.

122 — Support en bois laqué rouge.

123 — Cinq socles en bois sculpté.

124 — Briquet chinois en fer, orné d'une grecque et recouvert d'étoffe.

ÉTOFFES ET KAKÉMONOS

125 — Robe chinoise brochée en couleurs et or : dragons sur fond bleu.

126 — Large bande de satin de Chine rouge feu, broché en couleurs : dragons.

127 — Deux bandes de satin prune de Chine broché : dragons.

128 — Morceau de satin noir de Chine, brodé de fleurs en couleurs sur les deux faces.

129 — Coupon de soie bleue de Chine, tissée de métal.

130 — Deux écharpes algériennes brodées aux deux extrémités.

131-132 — Quatorze rouleaux et kakémonos, peints sur papier ou sur étoffe : entrée triomphale, grotesques, fleurs, etc.

133-134 — Sept albums japonais de divers formats : animaux, fleurs, personnages, paysages, etc.

OBJETS VARIÉS EUROPÉENS

135 — Tête-à-tête en ancienne porcelaine de Sèvres, pâte tendre, composé d'un plateau de forme contournée à deux anses, d'une théière ovoïde couverte, d'un pot à lait, d'un sucrier couvert, de deux tasses et leurs soucoupes. Le décor consiste en lambrequins quadrillés avec guirlandes de fleurs et motifs rocaille en couleurs rehaussées de dorures. Lettre I, année 1761.

136 —. Deux légumiers circulaires en porcelaine de Saxe-Marcolini, à fleurs et bordure caillloutée rose. Socles.

137 — Vide-poches en porcelaine de Saxe, formé d'une corbeille tenue par un adolescent étendu sur une terrasse rocaille.

138 — Vide-poches en porcelaine de Saxe, composé d'une petite vasque sur laquelle s'appuie une statuette de femme étendue sur une terrasse rocaille.

139 — Porte-huilier ovale à quatre places, en argent, du temps de la Régence, décoré en léger relief d'un sujet de chasse et d'un paysage chinois séparés par des têtes humaines, des quadrillés et des réserves contenant des animaux; il est muni de deux anses et repose sur quatre pieds bas. Il est accompagné de deux burettes en cristal avec bouchons en argent. Poinçons d'Étienne de Bouges, fermier des droits de la marque. 1717-1722.

140 — Très petit cabinet rectangulaire à deux portes amorti en chanfrein, formé de quinze plaques d'émail de Battersea montées en cuivre doré et présentant des sujets mythologiques, historiques ou pastoraux; il est surmonté aux angles de quatre petits vases avec bouchons en porcelaine de Chelsea; il contient cinq tiroirs et le couronnement forme boîte. Travail anglais du xviiie siècle.

141 — Petit vase ovoïde sur piédouche en agate rubanée dans une monture en cuivre doré, à décor de mascarons et motifs rocaille, enrichie de guirlandes de fleurettes en pierres de couleurs. Le couvercle manque. Travail anglais du xviiie siècle.

142 — Boîte ovale à musique en or partiellement émaillé :

sur le couvercle, paysage animé ; sur le pourtour, caducées alternant avec des compartiments émaillés bleu translucide. Elle est accompagnée de deux clefs. Commencement du XIXe siècle.

143 — Autre boîte ovale en or partiellement émaillé : sur le couvercle, sujet mythologique ; pourtour et dessous quadrillés. La musique manque. Commencement du XIXe siècle.

144 — Montre contenue dans une petite mandoline en or partiellement gravé et émaillé à fleurettes et lyres ; l'intérieur comprend aussi une boîte à musique avec petits sujets mobiles. Encadrement de demi-perles fines. Fin du XVIIIe siècle.

145 — Montre du XVIIIe siècle en cuivre émaillé ; sur la cuvette : Cléopâtre.

146 — Montre en cuivre émaillé ; sur la cuvette : enfants faisant de la musique.

147 — Montre à boîtier de jaspe vert monté en or.

148 — Miniature rectangulaire par Van Blarenberghe : commandant d'armée à cheval, en tête d'un convoi de vivres, et passant devant une vivandière allaitant un enfant. Peinture sur bois. Signée : *Jacobus Van Blarenberghe*. Encadrée.

149 — Petite horloge de table, de forme contournée, en cuivre gravé à quadrillages et motifs rocaille, surmontée d'une figurine argentée. Signée : *Kriedel Budissin*. Époque de la Régence. Écrin du temps en maroquin fauve.

www.ingramcontent.com/pod-product-compliance
Lightning Source LLC
LaVergne TN
LVHW012132170726

843501LV00008BC/3156

9782329433714